Vente des Mardi 5 et Mercredi 6 Juin 1877

HOTEL DROUOT, SALLE N° 3

Succession de M. le Vicomte Paul DARU

TABLEAUX, AQUARELLES

ARGENTERIE — MOBILIER

VINS

Exposition Publique : le Lundi 4 Juin 1877

De une heure à cinq heures.

COMMISSAIRE-PRISEUR	EXPERT
Me CHARLES PILLET	M. CHARLES MANNHEIM
10, rue de la Grange-Batelière.	7, rue Saint-Georges.

CATALOGUE

DES

TABLEAUX ET AQUARELLES

PAR

Anastasi, Bellangé, Boldini, Cabat, Chaplin, Claude,
Eug. Delacroix, Detaille, Fortuny, Fromentin, Géricault, Hauser, Eug. Lami,
May, Swebach, Carle Vernet, Zamacois, etc.

**Miniatures, Estampes provenant de la Collection
de M. de Béhague; Argenterie, Bronzes,
Porcelaines, Meubles, Vins et Ustensiles de ménage.**

Dépendant de la succession de M. le Vᵗᵉ Paul DARU

ET DONT LA VENTE AURA LIEU

HOTEL DROUOT, SALLE Nᵒ 3

Les Mardi 5 et Mercredi 6 Juin 1877

A DEUX HEURES.

Par le ministère de Mᵉ **CHARLES PILLET**, Commissaire-Priseur,
10, rue de la Grange-Batelière,

Assisté de **M. CHARLES MANNHEIM**, Expert, 7, rue Saint-Georges,

Chez lesquels se trouve le présent Catalogue.

EXPOSITION PUBLIQUE : le Lundi 4 Juin 1877

DE UNE HEURE A CINQ HEURES.

CONDITIONS DE LA VENTE.

Elle sera faite au comptant.

Les acquéreurs payeront en sus des adjudications, *cinq pour cent* applicables aux frais.

L'Exposition mettant le public à même de se rendre compte de l'état des objets, il ne sera admis aucune réclamation une fois l'adjudication prononcée.

Paris. — Typ. PILLET et DUMOULIN. 5, rue des Grands-Augustins.

DÉSIGNATION

TABLEAUX

BIÉ

1 — Jeune femme regardant une photographie.

BOLDINI (J.)

2 — Intérieur Louis XV.

BOMBLED

3 — Cheval de course.

CABAT

4 — Paysage avec bestiaux et personnages.

5 — Animaux au pâturage.

CHAPLIN

6 — Servante Louis XV.

7 — Doux pensers.

ÉCOLE ANGLAISE

8 — Portrait de chien.

ÉCOLE HOLLANDAISE

9 — Paysage avec figures.

ENGLER

10 — Chevaux de trait au repos.

GÉRICAULT

11 — Portrait de Tamerlan, cheval gris pommelé. Peint à Versailles, en 1810.

HAUSER (F.)

12 — Entrée de forêt.

JADIN

13 — Marine.

LANOUE (CH.)

14 — Chasseur à l'affût.

MAY (H.) 1872

15 — Jeune Alsacienne pleurant devant les ruines fumantes de Strasbourg.

RIGAUD

16 — Portrait d'homme.

SANEFELDT (1871)

17 — Les Lavandières.

SWEBACH (1822)

18 — Paysage; cabriolet et chevaux de selle au premier plan.

WYLIE (R.)

19 — Les Enfants du pêcheur.

ZAMACOIS

20 — La Confession.

AQUARELLES

ANASTASI (AUG.)

21 — Paysage en Hollande.

Aquarelle.

BELLANGÉ (H.) 1833

22 — Prise d'une redoute.

Aquarelle.

DELACROIX (EUG.)

23 — Muley-Abd-el-Rhaman, empereur du Maroc

Aquarelle.

24 — Femme maure et sa servante.

Aquarelle.

DETAILLE (ED.)

25 — Un Dragon à pied.

Aquarelle.

FINOT

26 — Chevaux de trait.

Aquarelle.

FORTUNY

27 — La Sentinelle.

Aquarelle.

FROMENTIN

28 — Cavaliers arabes.

Aquarelle.

LAMI (E.)

29 — Un steeple-chase.

Aquarelle.

30 — Un jour de revue.

Aquarelle.

31 — Histoire de mon temps.

Intérieur de famille. Daté 1837.

32 — La Promenade.

Aquarelle.

PILS (1865)

33 — Pièces d'artillerie au polygone.

Aquarelle.

VERNET (CARLE.) 1820.

34 — Officier anglais à cheval.

35 — La Femme mal gardée.

MINIATURES

36 — Grande miniature, par Cournerie : Portrait de femme assise dans un intérieur Louis XV.

37 — Miniature ronde sur ivoire, par le même. Portrait de femme en riche costume bleu Louis XV. Cadre en bronze doré.

38 — Miniature ovale sur vélin. — La Présentation.

39 — Miniature ronde sur ivoire, d'après Hall. — Portrait de femme coiffée d'un chapeau de paille.

40 — Miniature ronde sur ivoire : Léda. Elle est montée sur une boîte en poudre d'écaille.

ESTAMPES

TAUNAY (d'après)

41 — La Noce de village.

42 — La Foire de village.

43 — La Rixe.

44 — Le Tambourin.

> Quatre pièces faisant pendants, gravées par Descourtis. Superbes épreuves avant toutes lettres et avant de nombreuses retouches faites depuis sur les planches. Elles sont en parfaite condition, de la plus grande rareté.
> Collection Behague.

DEBUCOURT (P.-L.)

45 — La Rose mal défendue.

> Superbe épreuve du premier état, avec le titre et le nom de Debucourt tracés à la pointe. Excessivement rare.
> Collection Behague.

RAFFET.

46 — Lithographie. — Convoi de blessés.

ARGENTERIE & DIVERS

47 — Douze couverts à entremets en argent.

48 — Douze couteaux à dessert à manches d'argent, dont
six à lames d'argent et six à lames d'acier.

49 — Six cuillers à café en argent.

50 — Sucrier, pot à crème et cafetière en argent gravé.

51 — Dix-huit cuillers à café en vermeil.

52 — Douze cuillers de table et vingt-quatre fourchettes
en vermeil. — Style Louis XVI.

53 — Douze assiettes en vermeil, à bords ciselés à tores de
lauriers.

54 — Trois plats ronds, de même travail.

55 — Légumier ovale à couvercle, de même style.

56 — Quatre bouts de table de style Louis XVI, en argent ciselé et doré.

57 — Ménagère de style Louis XVI en argent ciselé et doré.

58 — Vingt-quatre couteaux de table à manches en vermeil.

59 — Six couverts à dessert en vermeil de style Louis XVI.

60 — Six couteaux à dessert à manches en vermeil et lames d'acier et cinq à lames d'argent.

61 — Couteau de chasse avec couvert en argent gravé et découpé à jour.

62 — Couvert à découper à manche d'argent.

63 — Petit cheval debout en argent ciselé sur socle en jaspe.

64 — Cachet-breloque formé d'un petit jockey au galop, en or.

65 — Porte-allumettes de poche en argent guilloché.

66 — Divers joncs et cannes à pommes d'or et argent gravé et doré. Ce lot sera divisé.

67 — Diverses lorgnettes, étuis, etc.

68 — Trois plateaux en ruolz dont deux carrés et un ovale.

69 — Deux autres plateaux ronds en ruolz..

PORCELAINES

70 — Vase en forme de balustre en ancienne porcelaine craquelée gris de la Chine, à bandes d'ornements en relief réservées en brun. Il est monté en bronze doré et supporte une lampe.

71 — Jardinière en ancienne porcelaine craquelée de la Chine, montée en bronze doré.

72 — Dix grandes et belles assiettes en ancienne porcelaine de Chine. Belle qualité.

BRONZES

73 — Petit lustre en cuivre doré à six lumières, garni de cristaux de roche.

74 — Deux appliques à trois lumières, garnies de cristaux de roche.

75 — Petit lustre garni en partie de cristaux de roche.

76 — Deux girandoles Louis XV à deux lumières, en bronze doré.

77 — Dix appliques à trois lumières en cuivre doré à fond de glace, de style Louis XIV.

78 — Pendule de style Louis XV, en bronze doré, modèle à consoles et vase.

79 — Deux candélabres à quatre lumières, de style rocaille, en bronze doré.

80 — Petite garniture de cheminée de même style, composée d'une pendule, de deux candélabres et deux flambeaux.

81 — Autre garniture de même style composée de trois pièces.

82 — Petit groupe en bronze : Poutaï, dieu du contentement, sur socle découpé.

MEUBLES

83 — Table Louis XVI de forme rectangulaire, en bois de rose, garnie de plaques de porcelaine tendre, décorées de fleurs. Le dessus, en cuivre gravé, offre à son centre une plaque en porcelaine tendre de forme ronde.

84 — Console de style Louis XV en bois sculpté et doré,
à dessus de marbre blanc.

85 — Jardinière de style Louis XVI, à quatre pieds dorés
et à entrejambes surmonté d'un vase.

86 — Piano de Pleyel à sept octaves, en bois noir, garni
de bronzes.

87 — Guéridon formé d'une mosaïque de Florence, à fleurs
sur fond de marbre noir, sur pied à quatre consoles
dorées.

88 — Meuble de salon couvert en satin grenat capitonné,
composé de deux canapés et deux chaises.

89 — Quatre rideaux et quatre portières de même étoffe.

90 — Sept pièces : fauteuils ou chaises, couverts en étoffe
de fantaisie.

91 — Pouf de milieu, couvert de soie violette et tapisserie
à la main.

92 — Tête-à-tête à deux places, couvert de soie gris perle,
brochée à fleurs.

93 — Tapis d'Aubusson à fleurs et ornements.

94 à 96 — Cinq miroirs de style vénitien à encadrements
de verre bleu.

97 — Autre miroir de forme ovale avec cadre doré.

98 — Chambre à coucher en palissandre, composée d'un lit, d'une commode et d'une armoire à glace.

99 — Écran de cheminée en tapisserie à la main : perroquet, fleurs et fruits.

100 — Autre écran avec chiffre brodé sur satin vert.

101 — Beau tapis de table en soie ponceau, richement brodé à fleurs, oiseaux et insectes, en soie de couleur, garni d'une très-belle frange à grille et de glands.

102 — Quantité de siéges et tentures diverses.

VINS

	Bouteilles.
Château-Laffitte, 1865	105
Château-Laffitte, 1872	84
Vin blanc	20
Hautbrion	33
Porto	27
Champagne	6
Bordeaux ordinaire	400